W9-CJC-506

TÍA ISA
QUIERE UN CARRO

TÍA ISA
QUIERE UN CARRO

Meg Medina

ilustrado por **Claudio Muñoz**

CANDLEWICK PRESS

*T*ía Isa quiere un carro.

Ella me dice al salir del trabajo, aún perfumada con el aroma de las tartas de limón de la pastelería.

Tía Isa hace girar la cuerda de saltar que está atada a la cerca. Llego a 20 saltos y entonces ella dice:

—¡Un pisicorre! ¡Para que nos lleve a la playa!

—¿En verdad? ¿A la playa?— Me invade la emoción.

Nadie se aleja demasiado de mi vecindario durante el verano. Pero en la playa hay agua espumosa que alcanza todos los lugares que no puedo visitar.

—Sí, ¡en verdad! Comencemos a ahorrar.

Tía Isa quiere un carro.

—¿De qué color?— pregunto mientras subimos las escaleras hasta nuestro apartamento. En el camino, pasamos frente a las puertas de los apartamentos vecinos. El ruido de los cubiertos y el olor de las salchichas hervidas se escapa por debajo de las grietas.

—Del mismo color verde brillante del océano que se arremolinaba bajo la ventana de mi cuarto— me responde. Cuando tía Isa era una niña, el aire en la isla donde vivía olía a hojas de palma húmedas y lodo.

—¡Y un par de alerones traseros puntiagudos!—
añado entusiasmada. —Cuando aceleremos, nos
pareceremos a las gaviotas que bajan en picada
hacia las cubetas con cangrejos.—De los cuentos
de mi tía, ese es mi favorito.

—Exacto— dice la tía. —Así mismo.

Tía Isa quiere un carro.

Pero al oír el plan de su hermana, el tío Andrés estalla en risas.

—¡Pero qué ridículo!— él exclama. —¡No tienes tanto dinero como una reina! Aquí caminamos para obtener lo que necesitamos, Isa. Ahora, ¿qué hay de cenar?

La tía Isa solo silba y tropieza con las botas de trabajo del tío Andrés, que parecen las de un ogro y están cubiertas de lodo. Luego, ella revuelve la sopa de frijoles negros.

Más tarde esa misma noche, la tía Isa busca el sobre grueso con dinero que guarda en el cajón de su cuarto.

—Hay dos pilas— me cuenta.

Voy a formar una pila bien alta y erguida. Ese será nuestro dinero de ayuda. Lo enviaremos a casa, junto con cartas y fotografías, para que mami pueda ver cuánto has crecido.

Lo que queda es para el carro de tía Isa. *Es muy poco pienso, apenas un pellizco.*

Pero tía Isa solo cruza los brazos.

—¿Qué es lo que dijo ese hermano mío tan mandón?— pregunta.

—Dijo *rrrridículo*— repito con la *r* tan marcada que caracteriza al tío Andrés. Se parece al ronroneo de un gato.

—Ya veremos— concluye la tía Isa.

Tía Isa quiere un carro.

¿Nos estará esperando en esta venta de carros que huele a alquitrán? Seguimos caminando mientras comemos paletas rojas y observamos las nubes que se reflejan sobre el capó brillante de los carros.

—¿Cuánto sale, señor? ¿Cuánto?— repite tía Isa en el poco inglés que domina. Tía Isa le entrega el sobre.

—No es suficiente— dice el hombre otra vez sacudiendo su cabeza.

—Pronto tendremos el dinero— afirma tía Isa mientras esperamos el autobús.

Pero sé que nuestra familia vendrá a vivir con nosotros *pronto*, de modo que sé que *pronto* puede ser un tiempo muy largo.

—Tía Isa quiere un carro, pero no tenemos dinero suficiente— le cuento al señor Leo mientras barre su tienda de frutas.

Luego se detiene para rascar su reluciente cabeza y se le ocurre una idea.

—Ayúdame a apilar estas naranjas prolijamente, niña, y te pagaré.

—Tía Isa quiere un carro— le cuento a la vieja María. Ella es la dueña de varios gatos que espían por la ventana, pero le duele tanto la espalda que no puede alimentarlos.

Me mira por sobre la montura de sus gafas polvorientas y me entrega una llave adicional.

—Ven a visitarme después de clases, mi vida, a darles leche a los gatitos. Te pagaré.

—Tía Isa quiere un carro— le explico a la señorita Amy, que no habla ni una palabra de español pero quiere invitar al señor Pérez a almorzar unos sándwiches de jamón. ¿Cómo harán para contarse cuentos si no hablan el mismo idioma?

—Enséñame a hablar español— me pide —y te pagaré.

Tía Isa quiere un carro.

Pero, ¿por qué lleva tanto tiempo ahorrar dinero?

—A veces es difícil esperar que sucedan las cosas buenas—
me explica.

Luego, me lee una carta de mami. El abuelo se siente un
poco mejor. Mami le prepara sopa de cangrejo. Papi toca para
él canciones viejas con su guitarra.

Así que espero y espero, hasta que un día mi calcetín secreto lleno de dinero se convierte en una salchicha gigante y ¡ya no puedo esperar!

Le muestro mi sorpresa a la tía. Los billetes enrollados se desparraman sobre su cama. Tía Isa me da un besito en la frente que deja dos marcas rosadas.

—Vamos, tía, ¡vamos!— la llamo en susurros mientras paso de puntillas junto al tío Andrés, que juega a las cartas con sus compañeros de trabajo. Tía Isa me sigue todo el camino hasta la venta de carros.

Tía Isa quiere un carro.

Lo vi enseguida.

Junto a la cerca oxidada.

De color verde brillante.

Tan ancho como el porche de la antigua casa de tía Isa.

Ya puedo sentir los caracoles de mar entre los dedos de mis pies.

—Ese mismo— dice entusiasmada. —¡Ese es el que quiero!

—La radio funciona mal y no tiene aire acondicionado— advierte el vendedor.

Pero tía Isa no le presta atención. Está concentrada acariciando el asiento delantero, que tiene lugar suficiente para tres personas. Asiente cuando le muestro que hay más lugar en la parte trasera para el resto de la familia, que vendrán pronto a visitarnos.

—Tienes razón, mi hija— dice. —Este nos llevará adonde queremos ir.

—¡Lo llevamos!— le digo al vendedor.

Tía Isa enciende el carro. El motor tose una nube de humo denso y suena *arroz, arroz, arroz, arroz*.

—Primero lo primero— dice tía Isa y saca del sobre, que ahora es tan delgado como un globo desinflado, lo único que queda dentro: una foto de nuestra familia. Estoy yo, la tía Isa y el tío Andrés. Pero también mis papás, mis abuelos y mis primos. Ellos siguen en la casa fresca junto al mar, pensando en nosotros.

Sostengo la fotografía mientras tía Isa le coloca cinta adhesiva en las esquinas.

Tía Isa toma el volante en forma de aro y
¡allá vamos!

Mi cabello recogido en una cola de caballo
flamea tras de mí como una cuerda sin atar.

Recorremos a toda velocidad la avenida
Sanford y pasamos frente a mi escuela y el otro
edificio petiso rojo. Adelantamos un autobús lleno
de personas apiñadas. Odio cuando no queda
lugar para girar alrededor de las barras.

—¡Tía Isa compró un carro!— grito.

Tía Isa se dirige al lugar que le señalo. El carro ruge y estacionamos en el lugar justo. Los vecinos salen a ver qué pasa.

—Vamos, apúrate— me indica.

Después de asegurarme de que el encargado malhumorado no está, corro hasta el jardín con el cartel de *No pisar*. Silbo y silbo hasta que el tío Andrés se asoma.

—¡Tía Isa compró un carro!— grito con entusiasmo. "¡Ven a verlo!

Sorprendido, se ríe de su *rrridícula* hermana.

—¡Lo lograste!— exclama sonriendo de oreja a oreja.

—Lo logramos— aclara la tía Isa. —Y lo mejor es que hay lugar para todos.

Tía Isa y yo compramos un carro
que nos llevará hasta la playa.

Para la verdadera tía Isa — Ysaira Metauten.
Y en memoria de la tía Gera — Gerardina Metauten.
M. M.

Para mi querida nieta Lili y su tía Isa
y para mi amada hermana Anandy.
C. M.

El texto es propiedad intelectual © de la autora Meg Medina, 2011
Las ilustraciones son propiedad intelectual © de Claudio Muñoz, 2011

Primera edición en español 2012

Se encuentra disponible el registro CIP pre-publicación de la Biblioteca del Congreso.

El número de tarjeta del catálogo de la Biblioteca del Congreso 2010040128.

ISBN 978-0-7636-4156-6 (primera edición, en inglis)
ISBN 978-0-7636-5751-2 (edición en rústica en español)
ISBN 978-0-7636-6129-8 (edición de lujo en español)

11 12 13 14 15 16 CCP 10 9 8 7 6 5 4 3 2 1

Impreso en Shenzhen, Guangdong, China

La composición tipográfica de este libro fue realizada en Maiandra.
Las ilustraciones fueron hechas con lápiz, acuarela y tinta.

Candlewick Press
99 Dover Street
Somerville, Massachusetts 02144

visite nuestra página web www.candlewick.com